MiTOS

Livro Altamente Recomendável para Crianças (1997)
FUNDAÇÃO NACIONAL DO LIVRO INFANTIL E JUVENIL – FNLIJ

Selecionado pela FNLIJ para o BRAZILIAN BOOK MAGAZINE 1998
Categoria Livros para Crianças

Selecionado para o PNBE 1999

Selecionado para o Salão Capixaba – ES/2005

Selecionado pela Secretaria de Educação
e Cultura de Vitória – 2005

Selecionado para o Programa "Fome de Livro",
da Fundação Biblioteca Nacional

MiTOS

O FOLCLORE DO MESTRE ANDRÉ

Marcelo Xavier

Fotografia
Gustavo Campos

18ª edição

Conforme a nova ortografia

Formato

Para o Geraldo,
meu irmão e companheiro de infância

Foi na loja do Mestre André
que eu comprei uma cornetinha.
Tá, tá, tá, uma cornetinha,
ai-olé, ai-olé, foi na loja do Mestre André.

Foi na loja do Mestre André
que eu comprei um pianinho
Plim, plim, plim, um pianinho,
tá, tá, tá, uma cornetinha,
ai-olé, ai-olé, foi na loja do Mestre André.

Foi na loja do Mestre André
que eu comprei um tamborzinho.
Tum, tum, tum, um tamborzinho,
plim, plim, plim, um pianinho,
tá, tá, tá, uma cornetinha,
ai-olé, ai-olé, foi na loja do Mestre André.

Foi na loja do Mestre André
que eu comprei um violão.
Dão, dão, dão, um violão,
tum, tum, tum, um tamborzinho,
plim, plim, plim, um pianinho,
tá, tá, tá, uma cornetinha,
ai-olé, ai-olé, foi na loja do Mestre André.

Foi na loja do Mestre André
que eu comprei uma sanfona.
Fon, fon, fon, uma sanfona,
dão, dão, dão, um violão,
tum, tum, tum, um tamborzinho,
plim, plim, plim, um pianinho,
tá, tá, tá, uma cornetinha,
ai-olé, ai-olé, foi na loja do Mestre André.

....

(Cantiga do folclore brasileiro; trecho citado de memória.)

Todo janeiro, a fazenda dos meus avós, no interior de Minas, ficava estufada de primos e tios. Nada de compromissos, nada de horários. Férias! Você conhece bem o sabor dessa palavra, não é mesmo? Os dias começavam com uma bela mesa de café e depois era só brincar, brincar e brincar. À noite, eram as rodinhas aconchegantes em volta de um tio – e tome histórias de assombração. Assim era dia após dia, sempre deliciosamente iguais.

Numa certa tarde de sol muito quente, brincávamos de jogar pião no terreiro quando, de repente, uma batida forte de tambores veio vindo da estrada de terra que chegava na fazenda. Interrompemos imediatamente a brincadeira, levantamos as orelhas e espichamos os olhos na direção daquele som estranho. Na curva da estrada surgiu, então, uma figura mascarada vestindo uma roupa larga e estampada, cheia de fitas coloridas. A coisa rodopiava e dava saltos, sacudindo uns chocalhos amarrados na cintura, nos pulsos e nas canelas. Pra mim aquilo era o demônio que vinha cobrar nossos pecados. Eu tremia dos pés à cabeça.

A dança agitada daquela figura levantava uma poeira amarela que a luz do sol transformava em efeito especial. No meio da poeira, logo atrás do mascarado, vinham os músicos tocando viola, violões, tambores e pandeiros. Acima de tudo, uma bandeira vermelha presa a um mastro fazia aquela nuvem de poeira e gente parecer um barco maluco se arrastando pela estrada.

Chegaram até junto da sede da fazenda, tocaram, cantaram com uma voz aguda feito ponta de agulha, tomaram café com queijo, broa de fubá, biscoitos, e se foram. Meu coração não parou de pular um minuto.

Um tio me disse que aquilo era folclore.

Passei anos com medo do folclore.

Muito tempo depois, soube que havia assistido, naquelas férias, à passagem de uma autêntica Folia de Reis – uma das mais belas manifestações do folclore brasileiro.

Quando aceitei o desafio de fazer esta coleção me lembrei, imediatamente, daquela tarde na fazenda. A imagem daquele palhaço mascarado saltando e chacoalhando no meio da poeira, que tanto me apavorou, hoje é uma das minhas mais belas lembranças.

Com este trabalho, quero que você também conheça coisas fantásticas como a Folia de Reis e muitas outras maravilhas do nosso folclore.

Acho importante você saber que o folclore não é apenas uma coisa do passado, da tradição. Ele é vivo, e está presente no seu dia a dia, muito mais do que você imagina. Está na sua moeda da sorte, nos apelidos da sua turma de colégio, nas gírias, nas suas superstições, em algumas coisas que você come, em gestos, jogos, brincadeiras ou festas que você frequenta. Por isso é tão importante conhecer o folclore. Ele está ligado à nossa vida de um jeito muito forte.

Outra coisa que me empolgou nesse projeto foi o fato de poder mostrar imagens do nosso folclore através da técnica de modelagem que venho desenvolvendo há tempos. Fazer de massinha todas aquelas figuras e objetos do folclore seria fantástico. Trazer para perto da minha – da sua – mão, de uma certa forma, aquela maravilhosa Folia de Reis...

Portanto, se você encontrar, no lugar onde trabalho, uma pequena caixa, não abra. Podem pular lá de dentro o Saci, o Curupira, capetinhas e outras figuras muito estranhas que vão aprontar com você.

Se quiser mesmo encontrá-los, abra este livro. É mais seguro...

MARCELOXAVIER

Mestre André é um contador de histórias que parece saber um pouco de tudo. Mora no alto de uma ladeira, numa daquelas casas com jardim, quintal, sótão, porão, varanda, biblioteca e piano.

Todo fim de tarde, ele reúne as crianças da rua para falar de coisas como o mundo dos dinossauros, a vida no Polo Norte, o surgimento da escrita, histórias da Índia, da China e até do Cazaquistão.

Cada assunto tem o seu lugar na casa. Coisas da Natureza são no quintal. Casos de gente ou de bichos, na cozinha. Histórias antigas, na biblioteca.

Mestre André conta essas histórias apontando para um enorme globo terrestre sobre sua mesa. Abre livros, mostra gravuras, arregala os olhos, muda a voz. Mestre André é um pouco ator, um pouco sábio, um pouco louco e um pouco mágico.

Enquanto fala, as crianças, de tão encantadas, grudam os olhos nele, como âncoras, para não saírem voando pela janela.

– Hoje, no quintal, vamos visitar um mundo que existe mas a gente não vê. Um mundo imaginário e encantado, cheio de personagens estranhos. Vamos ao mundo do folclore, para conhecer alguns dos principais mitos brasileiros.

– O que é folclore, Mestre André?

– Folclore é o conjunto de coisas que o povo sabe, sem saber quem ensinou. O povo brasileiro conhece o Saci, dança capoeira, toma tacacá, tem medo de assombração, acredita que gato preto dá azar, canta “Ciranda cirandinha”, brinca de passar anel, sabe que São Longuinho acha objetos perdidos, que Iemanjá é a rainha do mar e que água mole em pedra dura tanto bate até que fura...

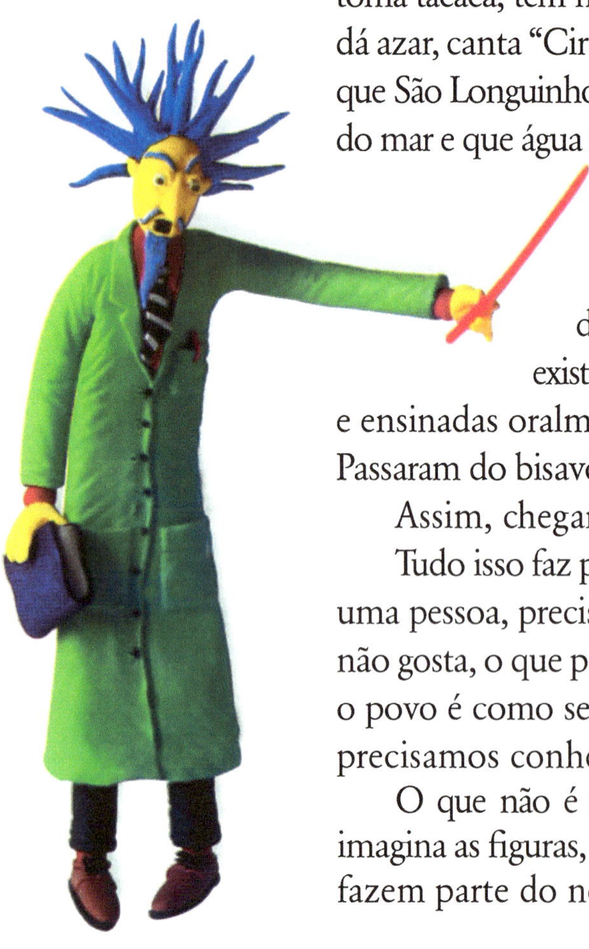

Mas se perguntarmos quem criou ou inventou tudo isso – os mitos, as histórias, as superstições, as danças, as cantigas, as comidas... –, ninguém vai saber dizer. Porque não existe um autor para essas coisas. Elas são contadas e ensinadas oralmente ou, de uns tempos pra cá, por escrito. Passaram do bisavô pro avô, do avô pro pai, do pai pro filho...

Assim, chegaram até os nossos dias.

Tudo isso faz parte do folclore brasileiro. Para conhecermos uma pessoa, precisamos saber o que ela sente, o que gosta ou não gosta, o que pensa, o que sabe. Não é verdade? Pois então: o povo é como se fosse uma pessoa. Para conhecê-lo melhor, precisamos conhecer o seu folclore.

O que não é nenhum sacrifício, pelo contrário: você nem imagina as figuras, os casos, as músicas, as lendas fantásticas que fazem parte do nosso folclore...

– E os mitos, Mestre André, o que são?

– Os mitos fazem parte do folclore. São seres fantásticos, que vivem no mundo da imaginação popular. Às vezes têm forma de gente, às vezes de bicho, outras vezes dos dois juntos. Seus poderes sobrenaturais permitem que voem, que se transformem, apareçam ou desapareçam magicamente.

O mesmo mito, em diferentes regiões, pode ter características e nomes diferentes.

Os mitos brasileiros têm origem portuguesa, africana ou indígena.

O SACI-PERERÊ

– O Saci-Pererê tem sua origem em Portugal. É um moleque negrinho, de olhos vermelhos, com uma perna só.

Vive pelado e não se separa do seu cachimbo. Usa na cabeça uma carapuça vermelha, na qual está depositado todo o seu poder sobrenatural.

O Saci aparece e desaparece no meio de um redemoinho. Na mata, quando se escuta um assobio longo, já se sabe: ele está por perto.

Gosta de montar a cavalo e galopar. É um moleque engraçado e divertido, que adora fazer estripulias. Apaga fogo de fogão, derrama alimentos, dá nós nas crinas dos cavalos, revira os ninhos, embaraça os novelos de linha, quebra a ponta das agulhas e faz um tanto de outras pequenas maldades.

O Saci não atravessa córregos nem riachos. Persegue as pessoas e só interrompe a perseguição para desfazer nós em cordas ou tecidos, atirados no caminho pelo perseguido.

Monteiro Lobato, no livro *O Saci*, ensina que o melhor jeito de se pegar um é com uma peneira de cruzeta. Esse tipo de peneira tem duas taquaras mais largas que se cruzam bem no meio dela.

O método é simples: quando o vento trouxer um redemoinho de folhas secas e poeira, joga-se a peneira, emborcada, sobre ele. Como em todo redemoinho há um Saci, ele ficará preso debaixo da peneira. Depois disso, coloca-se o Saci dentro de uma garrafa e tapa-se com uma rolha. Importante: não esquecer de riscar uma cruzinha na rolha, pois é ela que prende o Saci na garrafa. Além disso, é preciso lembrar de tomar a carapuça dele e escondê-la bem escondida. Sem a carapuça, o Saci não é ninguém.

Agora, uma dica para você: o Saci não incomoda quem usa um saquinho de pano no pescoço, com dentes de alho descascados...

O BOITATÁ

– Imagine que susto: alguém está tranquilo no seu barquinho, pescando no rio, à noite, e de repente surge, do fundo das águas, uma enorme cobra de fogo, com dois grandes chifres, como se fosse um boi. Em algumas regiões, para piorar mais as coisas, o bicho tem um olho só, bem no meio da testa...

É o Boitatá. Um mito brasileiro contado e temido em todas as regiões do País onde haja um rio ou uma lagoa qualquer. Só mesmo um mito, com seus poderes incríveis, pode ter o corpo de fogo e morar na água, não é mesmo?

O Boitatá também é visto, às vezes, apenas como um facho cintilante de fogo correndo de um lado para outro da mata. Em alguns lugares, ele se transforma em troncos incandescentes, abandonados na beira do rio.

O Boitatá é um mito de origem indígena. Os índios o chamavam *Mbaê-Tatá*, que quer dizer *coisa de fogo*.

E veja que interessante: uma das características do Boitatá, apesar de todo o fogo que carrega no corpo, é proteger as matas contra incêndios...

O LOBISOMEM

– Diz a lenda que, quando uma mulher tem sete filhas e o oitavo filho que nasce é homem, esse menino será um lobisomem.

Sempre pálido e muito magro, de nariz arrebitado e orelhas compridas, o menino cresce como uma criança qualquer. Porém, logo que completa treze anos, começa a viver sua triste sorte. Na primeira noite de terça ou sexta-feira depois do seu aniversário, enquanto todos dormem, ele sai de casa, silenciosamente, e vai até uma encruzilhada. Ali, observado apenas por uma coruja e por outros bichos noturnos, começa a se transformar em lobisomem. Seu corpo se cobre de pelos, as orelhas crescem, os olhos se avermelham e ele uiva como um lobo, pela primeira vez, para a Lua.

Daquele dia em diante, toda terça ou sexta-feira, o lobisomem tem que cumprir sua corrida desesperada pelo mundo. Visita, na mesma noite, sete partes da Terra, sete adros de igreja, sete vilas e sete encruzilhadas. No caminho, espanta os cães, apaga as luzes das casas, quebrando o silêncio da noite com seus uivos horripilantes.

Antes de o Sol nascer, o lobisomem volta ao lugar de onde partiu e se transforma novamente em homem.

Quem estiver no caminho de passagem do lobisomem, em noites de terça ou sexta-feira, deve rezar três Ave-Marias para se proteger.

Com muita coragem, alguém pode quebrar o encanto e libertá-lo para sempre. Para isso é preciso chegar bem perto, sem que ele perceba, e bater forte em sua cabeça – com todo o cuidado, pois se uma gota de sangue do lobisomem atingir uma pessoa, ela se transformará também em lobisomem…

O CURUPIRA

– No fundo das matas, bem longe das cidades e das aldeias, quando soam gritos longos e estridentes, é o Curupira que se aproxima.

O melhor que se faz é sair dali correndo.

O Curupira é um anão de cabelos vermelhos, dentes verdes e com os pés virados para trás. Para os índios, ele é o demônio da floresta. Corre atrás deles, enfurecido, para bater e até mesmo matar. Para se protegerem, quando se afastam de suas aldeias, os índios deixam pelo caminho penas de aves, abanadores e flechas.

O Curupira é o protetor das árvores e dos animais. Batendo nos troncos das árvores como se fossem tambores, testa a resistência delas, quando ameaça cair uma tempestade.

Ele odeia os homens que caçam e destroem as matas. Por isso, gosta de deixar os caçadores perdidos dentro da floresta. Quem vê o Curupira perde totalmente o rumo, não sabe mais achar o caminho de volta.

Para atrair suas vítimas, o Curupira, às vezes, chama as pessoas com gritos que imitam a voz humana.

As histórias do Curupira são contadas em todo o Brasil. Em algumas regiões, ele tem o nome de Caipora ou Caapora, e aparece, frequentemente, montado em um porco-do-mato.

O JURUPARI

– A história de Jurupari vem do norte do Brasil, das tribos de índios que vivem na floresta Amazônica. Segundo contam, Jurupari era um menino diferente dos outros. Para você ter uma ideia, de seu corpo saíam fachos de luz, estrondos de trovão e, com os dedos, ele podia produzir vários tipos de sons. Era realmente extraordinário!

Tudo começou quando Jurupari, para afirmar o seu poder, obrigou toda a tribo a ficar em jejum. Ninguém podia comer nada durante um certo tempo. Algumas crianças, não suportando a fome, desobedeceram às ordens e comeram. E veja só: elas foram punidas com a morte por Jurupari.

Revoltados, os pais das crianças jogaram Jurupari numa fogueira. De suas cinzas nasceu, imediatamente, a palmeira paxiúba. Era uma árvore tão alta, tão alta, que chegava até as nuvens.

Por ela, na mesma noite, Jurupari subiu ao céu. Lá encontrou o Sol, que queria se casar. Claro que o Sol não se casaria com qualquer uma: teria que achar uma mulher perfeita. Então, Jurupari foi mandado de volta para procurar uma noiva para o Sol, e também para mudar alguns costumes na Terra.

Quando chegou aqui, o mundo era governado pelas mulheres. A primeira coisa que Jurupari fez foi passar o governo para a mão dos homens. Para conseguir isso, criou festas das quais só os homens participavam e ensinou-lhes alguns segredos. Porém, nem todos os homens podiam conhecer esses segredos: apenas os fortes, os corajosos, que sabiam suportar a dor. Os adolescentes também participavam das tais festas, mas só depois de passarem por várias provas de coragem e resistência.

As festas de Jurupari atravessaram o tempo e acontecem, até hoje, em algumas tribos da Amazônia. Nelas, os homens usam máscaras, dançam e tocam instrumentos de sopro. O principal deles é uma longa trombeta, feita de paxiúba, a palmeira sagrada, que produz um som cavernoso e profundo, de arrepiar.

As mulheres e os rapazes que ainda não passaram pelas provas não podem ouvir esses sons, nem ver as máscaras, os instrumentos musicais e os adereços usados pelos homens nas danças de Jurupari.

Enquanto isso, até hoje, Jurupari procura uma noiva para o Sol, que continua solteiro...

A MULA SEM CABEÇA

– Onde houver um pequeno ajuntamento de casas rodeando uma igreja, com noites silenciosas e escuras, haverá casos de aparição da Mula sem Cabeça.

Dizem que é uma mulher que namorou um padre e, por isso, foi castigada. Toda passagem da noite de quinta para sexta-feira, ela vai até uma encruzilhada e ali acontece o encantamento. Depois, tem que percorrer sete freguesias ao longo daquela noite. (Freguesias eram pequenos povoados, no Brasil de antigamente.)

Mas veja que estranho: "Mula sem Cabeça" é só o nome desse mito. Na verdade, de acordo com as histórias que o povo conta, ela aparece como um animal inteiro, forte, lançando fogo pelas narinas e pela boca, onde tem freios de ferro. Nas noites de cumprir sua punição, ouve-se o seu galope violento, acompanhado de longos relinchos. Em alguns momentos, soluça como uma pessoa quando chora. Ninguém põe o pé fora de casa nessas noites.

Se alguém, bastante corajoso, tirar os freios de sua boca, o encanto se quebrará, e a Mula sem Cabeça voltará a ser gente, livre para sempre da maldição que a castiga.

O BOTO

– Muita gente conta que viu. Algumas mulheres dizem até que dançaram com ele. A verdade é que todas suspiram quando falam seu nome…

É o Boto, o mito encantador que adora a noite e as festas à beira dos rios da Amazônia. Durante o dia, é um peixe. Às primeiras horas da noite, ele sai da água e se transforma em um rapaz forte e bonito. Vestido de branco, usa um chapéu que nunca tira, para não mostrar o orifício por onde respira, no alto da cabeça.

Em seguida, o Boto parte para conquistar o coração de alguma mulher. Não é difícil: ele é simpático, grande dançarino, muito alegre e brincalhão. Tem uma conversa boa que rola como o próprio rio.

Depois de dançar e se divertir muito, o Boto vai namorar na beira do rio. Quando chega a madrugada, ele se despede da companheira, pula na água e volta a ser peixe.

Com muitas dessas namoradas ele tem filhos, mas nunca se interessou por eles. Só quer saber de continuar indo a festas, dançando e conquistando outros corações pelas noites da Amazônia.

Para quem quer conquistar o coração de alguém, nada melhor que um amuleto da sorte feito de olho de Boto, seco e preparado por um pajé de alguma tribo amazônica. É irresistível!

– O Brasil é grande, e seu folclore é muito rico e cheio de mitos. O que você viu aqui são apenas alguns deles.

Para conhecer outros mitos brasileiros, você deve procurar em livros, revistas e filmes, ou até mesmo entrevistar pessoas da sua família, da sua escola, da sua rua, como um verdadeiro pesquisador.

Com certeza, você vai ouvir histórias muito interessantes e ficar sabendo coisas que, além de importantes, vão fazer a sua imaginação voar alto e longe, e crescer, e se encantar...

– Puxa, Mestre André, acabou? Conta mais!

– Calma, calma. Acabou por enquanto. Vem aí muita coisa interessante, como as festas folclóricas, por exemplo. Aguarde!

Referências bibliográficas

ALMEIDA, R. *A inteligência do folclore.* 2.ed. Rio de Janeiro: Companhia Editora Americana — MEC, 1974. 370p.

———. *Vivência e projeção do folclore.* 1.ed. Rio de Janeiro: Agir, 1971. 164p.

CADERNOS DE FOLCLORE. *Mitos brasileiros.* 1.ed. Rio de Janeiro: MEC, nº 6. 1976.

CASCUDO, L. C. *Dicionário do folclore brasileiro.* 3.ed. Rio de Janeiro: Edições de Ouro, 1972. 942p.

EDELWEISS, F. *Apontamentos de folclore.* 1.ed. Salvador: Centro Editorial e Didático da UFBA, 1993. 121p.

LOBATO, M. *O saci.* 3.ed. São Paulo: Brasiliense, 1952. v. 2, p. 168-275. (Obras Completas — Literatura infantil, 2ª série.)

RUIZ, C. M. P. *Didática do folclore.* 4.ed. Rio de Janeiro: Papelaria América, 1983. 96p.

Coleção
O FOLCLORE DO
MESTRE ANDRÉ

Títulos publicados

- MITOS
- FESTAS
- CRENDICES E SUPERSTIÇÕES

FICHA CATALOGRÁFICA

Dados Internacionais de Catalogação na Publicação (CIP)
(Câmara Brasileira do Livro, SP, Brasil)

Xavier, Marcelo
Mitos: O folclore do mestre André/Marcelo Xavier;
fotografia Gustavo Campos.
— São Paulo: Formato Editorial, 1997.

ISBN 978-85-7208-184-9

1. Folclore 2. Mito. I. Campos, Gustavo.
II. Título.

97-2821 CDD-398.2

Índices para catálogo sistemático:

1. Mito: Literatura folclórica 398.2

10ª tiragem, 2025

MiTOS

Coleção *O folclore do Mestre André*

DIRETORIA EDITORIAL
SONIA JUNQUEIRA

EDITORIA DE ARTE
NORMA SOFIA

ASSISTÊNCIA EDITORIAL
ESTER RIZZO
JAKELINE LINS
LUCAS SANTOS JUNQUEIRA

SECRETARIA EDITORIAL
FLÁVIA ARAÚJO

EDITORAÇÃO ELETRÔNICA
MÁRCIO RIBEIRO (Coord.)
BRUNO MARTINS

FOTOGRAFIA
GUSTAVO CAMPOS

REVISÃO
PEDRO CUNHA JR. E
LILIAN SEMENICHIN (Coords.)
ELZIRA DIVINA PERPÉTUA
MARGARET PRESSER (Revisão final)

IMPRESSÃO E ACABAMENTO
FORMA CERTA GRÁFICA DIGITAL
CODIGO DA OP:286586

SARAIVA Educação S.A.
Avenida das Nações Unidas, 7.221 - Pinheiros
CEP 05425-902 - São Paulo - SP
www.editorasaraiva.com.br
Tel.: (0xx11) 4003-3061
atendimento@aticascipione.com.br